# CATON D'UTIQUE,

## TRAGÉDIE

EN TROIS ACTES ET EN VERS;

PAR

## FR. JUST-MARIE RAYNOUARD.

.... Inter ruinas publicas erectum....
SENEC.

PARIS,

DE L'IMPRIMERIE DE DIDOT JEUNE.

L'AN DEUXIÈME.

# PERSONNAGES.

CATON.

MARCUS BRUTUS.

SEXTUS, fils de Pompée.

LABIENUS.

UN OFFICIER MILITAIRE.

ROMAINS.

CÉSAR.

METELLUS, son Lieutenant.

SOLDATS DE CÉSAR.

*La Scène est à Utique en Afrique.*

# CATON D'UTIQUE,

## TRAGÉDIE.

## ACTE PREMIER.

## SCÈNE PREMIÈRE.

## BRUTUS, SEXTUS.

### SEXTUS.

Non, tu n'as pas besoin d'exciter mon courage ;
A venger la patrie avec toi je m'engage :
Je suis fils de Pompée, émule de Brutus,
Homme libre, Romain ; j'en aurai les vertus.
Contre l'usurpateur la liberté m'appelle ;
Le péril disparaît quand je combats pour elle.
Levons-nous, cher Brutus, marchons contre César,
Et qu'un dernier effort tente un dernier hasard.
Que Pharsale nous coûte et de sang et de larmes !
Puisse Utique changer le destin de nos armes !
Elle nous reverra vengés, victorieux,
Ou du moins nous mourrons d'un trépas glorieux.

Déposons noblement le fardeau de la vie,
Et dans notre malheur soyons dignes d'envie.
Ah ! je serai fidèle au serment que je fis . . . .
Pompée . . . à ma fureur . . . on connaîtra ton fils . . .

(Il se tait un instant.)

Je devais quelques pleurs à cette ombre chérie ;
Pardonne, tout mon sang sera pour la patrie ;
Ses périls désormais pourront seuls m'émouvoir.
La vertu de Caton dicte notre devoir.
J'aime son dévoûment, j'aime son assurance.
Mais toi, Brutus, dis-moi, quelle est ton espérance ?
Quand nous succomberions . . . crois-tu que les Romains
Aux chaînes de César accoutument leurs mains ?

BRUTUS.

Elève de Caton, j'en ai le caractère :
Comme Caton, je suis ferme, inflexible, austère,
Je suis l'ami du peuple et l'ennemi des rois,
Libre par mes vertus autant que par mes droits.
Tu le veux, avec toi franchement je m'explique.
Ce qui fait le malheur de notre république,
Ce n'est pas de César l'audace ou les talens ;
C'est l'état des Romains avares, indolents.
Quand ils devraient s'unir pour la cause commune,
Ils retirent leurs cœurs, isolent leur fortune.
Je vois le sort affreux qui leur est destiné ;
Lorsqu'un peuple s'endort, il s'éveille enchaîné.

Caton les chérissait, mais d'un amour sévère ;
Souvent, pour les servir, il osa leur déplaire.
Sa vertu travaillait à réformer les mœurs ;
Mais qu'a-t-elle obtenu ? des haînes, des clameurs.
Le luxe des Romains nous insulte et nous brave ;
On parle en homme libre, on agit en esclave.
Cependant, sans les mœurs, la liberté n'est rien :
L'homme libre, avant tout, doit être homme de bien.
Des citoyens sans mœurs sont presque sans courage.
J'ai vu l'or corrupteur marchander un suffrage ;
Le peuple trafiquait du plus beau de ses droits ;
Soudoyé pour voter, il croyait faire un choix.
Ah ! qu'il soit de César la proie et la conquête !
Un peuple qui se vend mérite qu'on l'achète.
   Si le Romain sentait sa propre dignité,
S'il connaissait le prix de notre liberté,
A ses projets hardis tout deviendrait possible ;
S'il savait être pauvre, il serait invincible :
Mais il aime le joug des riches et des grands,
Et l'or, plus que le fer, est l'arme des tyrans.
   Voilà de nos malheurs la principale source.
Mais ces malheurs du moins ne sont pas sans ressource.
Sous le joug de César les Romains abattus
Retrouveront enfin leurs premières vertus.
Il leur cache avec art le sort qui les menace ;
Mais lorsqu'éclateront ses vœux et son audace,

A iij

Quand les tristes Romains, dépouillés de leurs droits
Et descendus au rang des esclaves des rois,
Entendront leur égal les commander en maître,
De leur coupable erreur ils rougiront peut-être ;
Leurs cœurs s'enflammeront d'un courage nouveau ;
Le trône de César deviendra son tombeau.
Oui, je l'espère : au trône en vain César aspire ;
Il n'est pas encor roi puisque Brutus respire.
Délivrons de sa chaîne et Rome et l'univers ;
Qu'il expie en ce jour son crime et nos revers.
La fortune a long-tems toléré l'injustice ;
Mais toujours de César sera-t-elle complice ?
Qu'un esclave de l'or, qu'un vil adulateur
Prostitue à César le nom de dictateur,
D'un respect commandé que le faible l'honore ;
Quand je combattrais seul, je combattrais encore.
Pour abattre César il suffit de Brutus.

SEXTUS.

Pense que tes amis partagent tes vertus ;
Aux honneurs du péril Sextus ose prétendre.
J'espère...

BRUTUS.

C'est ici que Caton doit se rendre ;
Laissons à ses projets guider notre valeur.
Jamais il ne ploya sous le faix du malheur ;
Sans cesse ce héros, au forum, à l'armée,

Fit tout pour la vertu, rien pour la renommée.
Intrépide soutien de notre liberté,
Dans son cœur généreux il a toujours porté
Des antiques Romains la probité sévère.
L'ennemi le combat, l'estime, et le révère.
Il vient . . . .

## SCÈNE II.

## CATON, BRUTUS, SEXTUS, LABIENUS, ROMAINS.

### CATON.

ENFANS de Rome, ô vous dont les exploits
Vengent sa liberté, revendiquent ses lois,
Vous tous qui, de César bravant la tyrannie,
Et de son amitié craignant l'ignominie,
Préféreriez la mort à ses embrassemens,
Il est venu le jour d'acquitter vos sermens.
Ecoutez nos périls : depuis l'heure fatale
Où notre sang rougit les plaines de Pharsale,
Où nos frères mourans obtinrent de nos pleurs
Le serment de venger leur mort et leurs malheurs,
La liberté romaine, avec nous fugitive,
Monta sur nos vaisseaux, aborda cette rive;
Ici, réfugiés avec la liberté,
Nos cœurs ont retrouvé leur courage indomté.

A iv

Du brave Scipion la phalange guerrière
Offrait contre César une sûre barrière ;
Scipion au courage unissait beaucoup d'art.
Déja notre espérance avait vaincu César ;
César paraît, l'attaque ; aussitôt notre armée,
Dans l'enceinte du camp trop long-temps renfermée,
S'élance, et la victoire est à la liberté.
Par un zèle imprudent le soldat emporté
Aux chefs ne laisse plus maîtriser son courage :
L'ennemi reparaît, le combat se rengage :
Scipion court aux siens, il veut les secourir ;
Il ne lui reste plus que l'honneur de mourir.
Il est mort ; avec lui sont tombés les plus braves.
Les projets de César nous traitent en esclaves :
Il marche ; ce jour même il peut nous assiéger.
Si Caton redoutait ou taisait le danger,
De guider vos drapeaux il ne serait plus digne ;
Au plus grand devoûment que chacun se résigne.
Nos anciens alliés se détachent de nous ;
Les lâches de César embrassent les genoux.
Ces Romains, qui cherchaient dans la ligue commune
Bien moins la liberté que leur propre fortune,
Affectent maintenant et répandent l'effroi.
Siphax est notre ami, mais Siphax est un roi.
Romains, délibérez ; nos périls sont extrêmes,
Et nous ne pouvons plus compter que sur nous-mêmes.

BRUTUS.

Nous le pouvons du moins. Pourquoi délibérer ?
L'homme libre doit-il jamais désespérer ?
Le succès ferait-il la bonté d'une cause ?
Délibérer ! . . . et c'est Caton qui le propose !
Tout fut délibéré dans ces premiers momens
Où rapprochant nos cœurs, unissant nos sermens,
De la liberté sainte embrassant la querelle,
Nous jurâmes de vivre et de mourir pour elle.
Romains, rappelez-vous ces instans glorieux :
Redoutant de César les projets furieux,
Rebutés, poursuivis, dispersés dans la ville,
D'un cirque abandonné nous empruntons l'asile :
Là, nous nous retrouvons ; des souterrains obscurs,
Sur nos têtes courbant l'epaisseur de leurs murs,
Prêtent à nos projets la nuit la plus profonde :
Nous jurons à l'envi la liberté du monde ;
Nous jurons de sauver Rome . . . et de la venger.
Ce sont là nos sermens, rien ne peut les changer.
Si nous sommes tombés en des périls extrêmes,
Nos droits sont plus sacrés, nos devoirs sont les mêmes.
Notre vie est acquise à Rome, à l'univers.
Qui veut la liberté, doit s'attendre aux revers.
Bravons tout : une fois lancé dans la carrière,
Un Romain ne doit plus regarder en arrière.
Aux armes !

SEXTUS.

Des Romains ne délibèrent pas
Alors qu'il faut choisir les fers ou le trépas.
Faibles par nos moyens, forts par notre courage,
Nous subirons la mort, et non pas l'esclavage.
Demain César attaque; attaquons aujourd'hui.
Marchons; que tous nos coups ne s'adressent qu'à lui.
N'allons pas de nos jours faire un vain sacrifice;
Périssons, mais du moins que le tyran périsse.

CATON.

Oui, contre César seul dirigeons tous nos coups.
J'aime ce zèle ardent, ce vertueux courroux,
Et cette fermeté que rien ne peut abattre.
J'ai tout prévu, Romains; soyez prêts à combattre.
Amis, je guiderai vos armes et vos pas ;
Et quand nous n'obtiendrions qu'un glorieux trépas,
Notre sang répandu serait utile au monde ;
Il serait des héros la semence féconde.
Lorsque nous combattons pour le peuple Romain,
Nous défendons encor les droits du genre humain;
De ses destins futurs nous devenons arbitres,
Et même nos malheurs un jour seront ses titres.

LABIENUS.

Je suis bon citoyen, je serai bon soldat.
Quand nos glaives vengeurs s'apprêtent au combat,
De nos sages aïeux imitons les exemples :

Ils osaient sur leur sort interroger nos temples;
A l'oracle d'Ammon...

CATON.

O crédules mortels!
De vœux et de présens vous chargez les autels!
Je ne dois plus m'en taire: assez long-tems nos prêtres
De nos opinions se sont rendus les maîtres;
Imposteurs révérés, ces ministres d'erreur,
Soumettant les humains au joug de la terreur,
Ou les fesant monter au char de l'espérance,
Ont vendu le mensonge à la faible ignorance.
Est-ce à nous d'invoquer leur art mystérieux?
La liberté de l'homme est le culte des dieux.
Et qu'avons-nous besoin d'autel ni de présage?
Pour savoir si la mort vaut mieux que l'esclavage,
Et comment on échappe au courroux d'un vainqueur,
L'oracle d'un Romain est au fond de son cœur.
Défendons la patrie, et le succès peut-être...

SCÈNE III.

LES MÊMES, UN OFFICIER MILITAIRE.

L'OFFICIER.

L'ENVOYÉ de César devant vous va paraître;
Il dit être chargé d'un message important;
Il a sollicité d'être admis à l'instant.
J'ai fait jusqu'en ce lieu respecter son passage.

## SCÈNE IV.

CATON, BRUTUS, SEXTUS, LABIENUS, ROMAINS, METELLUS.

METELLUS.

ROMAINS, le dictateur m'a chargé d'un message...

CATON.

On ne reconnaît point ici de dictateur.

METELLUS.

Eh quoi ! César...

CATON.

César n'est qu'un usurpateur.

METELLUS.

C'est du peuple qu'il tient l'autorité suprême.

CATON.

Mais il s'en est servi contre le peuple même.

METELLUS.

Caton pour magistrat ne le reconnaît plus ! ...

CATON.

Non, tout pouvoir finit où commence l'abus.

METELLUS.

Vous bravez de César la puissance légale ;
Reconnaissez du moins le vainqueur de Pharsale.
Lorsque j'apporterai ses ordres absolus,
J'imposerai sans doute à vos altiers refus.

De vos destins futurs ce généreux arbitre
Veut le bonheur de Rome, et n'importe à quel titre.
Pour Rome il s'est armé, pour Rome il a vaincu ;
Sous peu de temps le peuple en sera convaincu.
La guerre est un malheur souvent inévitable...

CATON.

César la fait à Rome ; il en est seul comptable.

METELLUS.

Il veut donner la paix....

CATON.

Il veut donner des fers.

METELLUS.

César accordera la paix à l'univers.
Vous pouvez exiger encore une victoire :
Eh bien ! il vous vaincra ; mais César aime à croire
Que touchés des malheurs qu'annonce l'avenir,
Vos cœurs comme le sien voudront les prévenir ;
Lui-même dans ces lieux...

CATON.

Nous te ferons connaître
La réponse qu'il faut rapporter à ton maître.

# SCÈNE V.

## CATON, BRUTUS, SEXTUS, LABIENUS, ROMAINS.

BRUTUS.

IL sort en menaçant.

SEXTUS.

Quels discours! quel maintien!

CATON.

Vous l'avez entendu, que lui répondre?

BRUTUS.

Rien.

Craignons l'art des tyrans, et non pas leur colère;
Traite avec l'oppresseur quiconque le tolère.
Combat à mort, voilà le devoir d'un Romain:
Répondons à César les armes à la main.

LABIENUS.

Rome nous applaudit, l'univers nous contemple:
On peut facilement donner un grand exemple.
D'un trépas glorieux je recherche l'honneur;
Mais Rome de nos soins espère son bonheur.
Citoyens, nous devons, en ces périls extrêmes,
Songer toujours au peuple, et jamais à nous-mêmes:
Notre vertu consiste à remplir ce devoir.

César vient, et pourquoi ne pas le recevoir?
Peut-être le remord nous le réconcilie?
A traiter avec lui que Caton s'humilie :
Oui, Caton, à le voir j'oserai t'exhorter :
Pour l'intérêt du peuple il faut tout supporter,
Calmer l'inimitié la plus envenimée,
Enfin sacrifier même sa renommée.

(Les Romains paraissent approuver l'opinion
de Labiénus.)

CATON.

Amis, je vous entends : si vous reconnaissez
Que l'intérêt public l'exige, c'est assez.
Je ne résiste plus. Hélas! quoi qu'il m'en coûte,
Je reçois le tyran; qu'il vienne, je l'écoute;
Mais de ma fermeté, Romains, me blamât-on,
S'il est toujours César, je suis toujours Caton.

LABIENUS.

Résolus à périr pour la cause commune,
Nous braverons encór César et sa fortune.
Peut-être de la paix pourrions-nous convenir :
Caton, que tes projets mesurent l'avenir.
Chacun contre César marche avec assurance ;
Mais, après ce combat, il n'est plus d'espérance.
Ah! si nous succombons dans ce dernier effort,
Que nous restera-t-il à tous?

CATON.

La mort.

TOUS.

La mort.

**FIN DU PREMIER ACTE.**

ACTE

# ACTE II.

## SCÈNE PREMIERE.

## CÉSAR, METELLUS.

### METELLUS.

Je ne pardonne pas leur superbe insolence ;
Tout m'indignait, leur voix, leurs gestes, leur silence.
Les lâches savouraient l'orgueil de t'outrager ;
Et quand ta foudre attend l'ordre de nous venger,
Tu viens humilier ta gloire et ta clémence !
Tu m'étonnes, César ; parle, l'assaut commence ;
Donne-nous le signal, bientôt de toutes parts
L'armée et la victoire entrent dans ces remparts.

### CÉSAR.

Métellus, je connais ton zèle et ta prudence ;
Mon cœur de ses projets te doit la confidence.

Né libre, et plus qu'un autre ardent républicain,
J'étais enorgueilli du titre de Romain.
Je supporte un égal, mais je déteste un maître :
J'eusse été citoyen s'il n'eût fallu que l'être ;
Mais, alors que j'ai vu des hommes turbulens
Diriger contre moi leur hâine et leurs talens ;

B

Mais alors que j'ai vu le parti de Pompée,
Voulant asservir Rome après l'avoir trompée ;
Pour me détruire armant l'autorité des lois,
Et déja dévorant le fruit de mes exploits,
Je me suis indigné ; mon audace est leur crime :
Ils voulaient m'opprimer, eh bien ! je les opprime.
Jusqu'ici mon épée a vaincu mes rivaux,
Elle prétend encore à des succès nouveaux :
J'agrandis mes projets ; enfin César aspire
A soumettre la terre aux lois d'un seul empire ;
J'en porte dans mon cœur le fier pressentiment.
Cependant pour tout perdre il ne faut qu'un moment.
Quand la seule terreur produit l'obéissance,
Quel vainqueur peut jamais compter sur sa puissance ?
Tôt ou tard à son joug échappent les humains,
Et la foudre qu'il lance éclate dans ses mains.
Je suis vainqueur, je veux justifier ma cause ;
A l'univers il faut que ma conduite impose.
Presque tous les Romains sont vaincus ou soumis ;
J'acheterai la paix de quelques ennemis.
L'amitié de Caton vaut seule une victoire ;
Elle ajoute à mes droits, elle ajoute à ma gloire :
Je puis m'abandonner à mes projets hardis ;
Protégés de son nom, ils seront applaudis.
Il sert la liberté pour la liberté même :
Pour obtenir de lui qu'il m'embrasse et qu'il m'aime,

Il faut quelques vertus sans doute, et beaucoup d'art.
Caton suivit Pompée; il peut suivre César.
S'il me résiste, il perd l'estime de la terre,
Et je charge son nom des forfaits de la guerre.
Je puis....

(César, voyant avancer Caton, fait signe à Metellus
de se retirer.)

## SCÈNE II.

## CATON, CÉSAR.

### CÉSAR.

PARDONNE-moi de t'avoir combattu;
Même en te condamnant j'admirais ta vertu.
J'arrive auprès de toi sans escorte et sans armes:
Mon respect pour ton nom a vaincu mes alarmes.
Ta parole suffit.

### CATON.

Tu n'en dois pas douter;
Dans Utique César n'a rien à redouter;
Il n'est pas en Egypte: ici sont révérées
Du droit des nations les maximes sacrées;
Il n'est nul Ptolomée aux ordres de Caton.

### CÉSAR.

Tu devais m'épargner l'insulte du soupçon,

B ij

Je te crois généreux, parceque j'aime à l'être.
Méritant ton estime, et l'obtenant peut-être,
J'ai défendu les droits dont j'étais investi;
Est-on maître toujours de choisir un parti?
Si Caton le choisit, sa vertu fut trompée;
Tu croyais servir Rome, et tu servais Pompée.
Oublions désormais que je fus son vainqueur;
Je l'oublie : à César ne ferme plus ton cœur;
Ton amitié sera ma plus chère conquête;
J'ose la demander, Caton.

CATON.

César, arrête.

CÉSAR.

Ai-je perdu mes droits à ce titre flatteur?

CATON.

Je ne serai jamais l'ami du dictateur.
Redeviens citoyen, et qu'à Rome fidèle....

CÉSAR.

Quel Romain plus que moi s'est montré digne d'elle?
Quoi! de mon dévoûment quelqu'un ose douter!
Mes travaux et mon sang n'ont-ils pu l'attester?
Mes périls ont partout appelé la victoire,
Partout on trouvera les traces de ma gloire:
Jusques dans ces climats où des rocs sourcilleux
Elèvent le Taurus à la hauteur des cieux,
De combats en combats j'ai guidé mon armée;

L'Orient est rempli de notre renommée.
Quand Rome des Gaulois a voulu se venger,
Elle m'en a commis la gloire et le danger :
Ouvrant une pénible et nouvelle carrière,
Nos drapeaux de la mer ont franchi la barrière ;
J'ai courbé le Breton sous le joug de nos lois.
Si, depuis mon retour....

CATON, *ironiquement.*

Je connais tes exploits ;
Rome a de ton amour obtenu plus d'un gage.

(*vivement.*)
Ah ! perfide, oses-tu me tenir ce langage ?

CÉSAR.

Oui, toujours son bonheur occupa mes projets.

CATON.

Tu le prouves, César....

CÉSAR.

En demandant la paix.
Fais le traité.

CATON.

Qui ? moi !

CÉSAR.

Je t'en laisse le maître,
Caton.

CATON.

Je suis surpris....

B iij

CÉSAR.

Tu ne devrais pas l'être.

CATON.

Mais....

CÉSAR.

Tu me connais mal.

CATON, áprès avoir réfléchi un instant.

Le devoir rigoureux....

CÉSAR.

J'espère de ta part un traité généreux.

CATON.

Il sera juste ; écoute. Il faut qu'à l'heure même,
Restituant enfin l'autorité suprême,
Quittant du dictateur le pouvoir solennel,
César soit reconduit à Rome en criminel,
Et qu'il mérite ainsi le pardon légitime....

CÉSAR, interrompant avec vivacité.

Jugé par les vaincus, le triomphe est un crime.

CATON.

Je juge le coupable, et brave le vainqueur.

CÉSAR.

Me juger !... qui le peut ?

CATON.

Rome libre... et ton cœur.

CÉSAR.

Quand je tiens asservis....

CATON.

Ah ! cesse de le croire.

CÉSAR.

Pharsale a décidé.

CATON.

Tu cites la victoire !
Rend-elle un citoyen indépendant des lois ?
Elle ajoute à ton crime, et non pas à tes droits.
Du peuple tu blessas la majesté suprême ;
Tu ne peux être absous que par le peuple même.
Viens, accours implorer....

CÉSAR.

Qui ? moi le supplier !

CATON.

Sans honte devant lui tu peux t'humilier.

CÉSAR.

Non, non ; ma juste crainte....

CATON.

Est l'aveu de ton crime.

CÉSAR.

L'inimitié, l'envie ont marqué leur victime :
Je périrais sans gloire, et périrais en vain.

CATON.

Tu prises tant la vie, et tu te dis Romain !
Tu mets dans la balance un homme et la patrie !

B iv

Idole de mon cœur, ô Liberté chérie !
Si mon sang répandu restitue aux Romains
L'exercice sacré de leurs droits souverains,
Je suis enfant de Rome, et je mourrai pour elle :
Je suis prêt à subir la mort la plus cruelle.
Qui se refuserait à ce destin flatteur,

(avec ironie.)

N'est pas un vrai Romain... fût-il un dictateur.
J'aime de Scévola le dévoûment sublime :
Son glaive régicide a manqué la victime ;
Mais il livre sa main au brasier dévorant,
Et sa main qui n'est plus, épouvante un tyran.
Curtius se dévoue, et la mort d'un seul homme
Rachète auprès des dieux tous les malheurs de Rome.
De ses fils accusés Brutus pleurant le sort
Ne meurt pas ; il fait plus, il prononce leur mort.
Des trois cents Fabius la famille aguerrie
Périt dans un seul jour... et c'est pour la patrie.
Ainsi que la vertu, ces noms sont immortels :
Ils disputent aux dieux l'encens et les autels.

CÉSAR.

Je rends à ces héros un hommage sincère ;
Je les imiterais, s'il était nécessaire :
J'offrirais aux Romains un trépas généreux,
S'ils méritaient encor que l'on mourût pour eux.
Nos pères ne sont plus.

CATON.

Nos lois vivent encore.

CÉSAR.

Rome de son Caton s'applaudit et s'honore :
Rome n'en a compté qu'un seul dans ses remparts.

CATON.

Je ne le sens que trop, puisqu'il est des Césars.

CÉSAR.

Tu cites nos aïeux ? Quand, battu de l'orage,
Le vaisseau de l'état redoutait un naufrage,
Tous aux ordres d'un seul accouraient se ranger :
Le dictateur alors conjurait le danger.
Hélas ! depuis longtems, la foudre et les tempêtes
Tourmentent la patrie et grondent sur nos têtes :
Tu sens....

CATON.

N'achève pas : non, le peuple romain
N'abdiquera jamais son droit de souverain.
Quel orgueil criminel de penser qu'un seul homme,
Mieux que le peuple entier, puisse veiller sur Rome !

CÉSAR.

S'ils doivent être heureux sous mon autorité,
Le bonheur des Romains vaut bien leur liberté.

CATON.

Le bonheur des Romains, c'est que Rome soit libre.

CÉSAR.

Comment des droits communs établir l'équilibre ?

Il faut qu'un citoyen ait le sublime emploi
De protéger le faible et de venger la loi.
Quand nous supposerions que la loi fût parfaite,
Qui peut la maintenir ?

CATON.

Le peuple qui l'a faite.

CÉSAR.

Le peuple est quelquefois extrême, impétueux.
Sublime erreur ! tu crois les hommes vertueux !
Souvent il faut sauver le peuple de lui-même.

CATON.

Sauvons-le des tyrans, c'est le devoir suprême.
Qu'aujourd'hui les Romains rentrent dans tous leurs droits,
Qu'on replace les mœurs sous la garde des lois,
Ils seront vertueux autant que nous le sommes :
Ils seront citoyens, s'ils sont traités en hommes.

CÉSAR.

Tu connais mon desir, je veux les rendre heureux :
Unis avec les miens tes efforts généreux ;
A l'envi prétendons à leur reconnaissance.
Je suis vainqueur : eh bien ! partage ma puissance ;
Pour le bonheur du peuple essayons d'en user :
Oui, César doit l'offrir.

CATON.

Caton la refuser.

CÉSAR.

Nous pouvons....

CATON.

Conçois-tu ce que tu me proposes ?
M'offrir la tyrannie ! ah ! perfide, tu l'oses !
M'égaler aux tyrans que j'ai tant combattus !
Et tu dis estimer en moi quelques vertus !
O mânes glorieux, dont l'auguste mémoire
Nous enseigne à chérir les vertus et la gloire,
Vous que nous honorons du culte des héros,
Ce blasphême a troublé la paix de vos tombeaux.
Un César des Romains marchande l'esclavage !
Quelle honte ! et tu veux que Caton la partage !
Le crime et la vertu peuvent-ils s'allier ?
Et Caton à régner peut-il s'humilier ?
Fuis, emporte l'horreur que ton projet m'inspire :
Je crains de respirer l'air que César respire.
Intrépides soutiens de notre liberté,
Me pardonnerez-vous de l'avoir écouté ?
Tu menaces, César ; tremble. La tyrannie
Ne peut chez les Romains demeurer impunie ;
Un peuple qui jura haine éternelle aux rois,
Ne pardonne jamais la perte de ses droits :
Tes crimes à la fin recevront leur salaire ;
Crains l'immortalité du parti populaire.
Ah ! contre les tyrans si nos efforts sont vains,
Dieux puissans ! c'est à vous à venger les Romains ;
Vos oracles de Rome éternisent la gloire :
Oui, j'attends tout des dieux.

CÉSAR,

Et moi, de la victoire.

## SCÉNE III.

CATON, seul.

La victoire !... voilà le titre des tyrans.
Ah ! quand tu marcherais sur nos corps expirans,
Ce triomphe d'un jour te deviendrait funeste.
Une victoire passe, et la liberté reste.

## SCENE IV.

## CATON, SEXTUS.

CATON.

Nos soldats sont-ils prêts ?

SEXTUS.

J'ai parcouru les rangs ;
Jamais je n'avais vu les Romains aussi grands :
Oui, de la liberté l'invincible génie
Soulève tous les cœurs contre la tyrannie.
Le redoutable cri, Vengeance ! Liberté !
Par une armée entière à la fois répété,
Elève notre espoir, double notre courage,
Et partout du succès annonce le présage.
Des discours de Brutus la sublime chaleur
Dans les cœurs des guerriers féconde la valeur ;

Enfin tous les soldats sont dignes de leur cause.
Ils viennent.

CATON.

      Au combat que chacun se dispose ;
César quitte ces lieux.

SEXTUS.

        Ses regards m'ont appris
Qu'il emportait encor ta haine et ton mépris.
Sans doute, en nous armant de ses propres maximes,
Nous pourrions d'un seul coup mettre un terme à ses crimes.
Je sais que des Romains... projettent... son trépas.

CATON.

Obtenons des succès, mais n'en rougissons pas.

SEXTUS.

Les mânes de Pompée...

CATON.

        Ami, tu les outrages :
Méditons des exploits dignes de nos courages.

SEXTUS.

Quoi ! lorsque vainement nous aurons combattu...

CATON.

Renonçons à la vie, et non à la vertu :
Oui, s'il faut qu'à la fin l'homme libre succombe,
Que sa vertu lui reste, et pare encor sa tombe.
De César, comme toi, je desire la mort ;
Qu'elle coûte mon sang, et non pas un remord.

## SCENE V.

### CATON, BRUTUS, SEXTUS, LABIENUS, ROMAINS ARMÉS.

BRUTUS.

Voici nos compagnons de fortune et de gloire ;
Ils portent dans leurs cœurs l'instinct de la victoire :
Guide-les au combat ; ils sont prêts. . .

CATON.

O Romains !
Le sort de la patrie est remis en nos mains ;
De notre dévoûment nous allons la convaincre.
L'audace est le grand art : qui sait mourir, sait vaincre.
Opposons au danger un courage affermi :
Qui ne craint pas la mort est craint de l'ennemi.
S'il existe un Romain lâche et pusillanime ,
Qui démente en secret l'ardeur qui nous anime,
S'il est pour la patrie avare de son sang,
Qu'il sorte devant tous de l'honneur et du rang.

(Mouvement général des Romains qui serrent leurs
rangs et brandissent leurs piques.)

Mais à la liberté tout Romain est fidelle ;
Pour elle nous vivons, et nous mourrons pour elle.

Ceux qui déserteraient le péril des combats,
Les lâches seraient-ils immortels ici-bas ?
A la patrie offrons, sans regret ni murmure,
Quelques jours qu'il faudrait céder à la nature.
Mourant pour la patrie et pour la liberté,
Donnons un grand exemple à la postérité.
Nous nous disons Romains, prouvons que nous le sommes.
Le sang de l'homme libre est la rançon des hommes.

FIN DU SECOND ACTE.

# ACTE III.

## SCÈNE PREMIÈRE.

### CATON, SEXTUS, ROMAINS.

(On rapporte Caton blessé : on place son épée sur une table où sont quelques livres. )

CATON, revenant à lui-même.

EST-CE-VOUS, chers amis ?... Pourquoi me secourir ?
Hélas ! au champ d'honneur... j'espérais... de mourir.
Quoi ! vos barbares soins me rendent à la vie,
Pour voir régner César, pour voir Rome asservie !
L'esclavage est tombé sur le peuple romain,
Et je ne suis pas mort les armes à la main !
Citoyens, quel malheur ! et quelle ignominie !
Nos armes ont en vain bravé la tyrannie ;
L'esclave a triomphé, l'homme libre est vaincu !
O Rome ! ô liberté !... Caton a trop vécu.

SEXTUS.

Les soldats échappés à ce combat funeste
Ne désespèrent pas, puisque Caton leur reste ;
Dirige leur courage et préside à leur sort.

Plusieurs de nos amis sont retirés au port :
Leurs vaisseaux déjà prêts demandent un rivage
Où n'abordent jamais César ni l'esclavage.
Viens, lorsque le vainqueur éloigné du rempart....

CATON.

Veille sur ces Romains, protège leur départ.

SEXTUS.

Mais, toi-même....

CATON.

Allez tous....Sextus, reviens m'apprendre...

SEXTUS.

Mais, dis-nous quel parti....

CATON.

Caton saura le prendre...

# SCÈNE II.

CATON seul.

Le mien est décidé ; le mien...c'est...le trépas.
Le monde est asservi, mais Caton ne l'est pas.
Liberté ! je ne veux, je ne puis te survivre ;
De la vie....et des fers....ce glaive me délivre :
De l'homme, du romain j'ai rempli le devoir,
Et, mourant sans remords, je meurs sans désespoir :

C

Je meurs...ne pouvant plus vivre pour la patrie...

    (Il regarde son épée.)

Je suis ferme....et pourtant...mon ame est attendrie.

    (Il réfléchit un instant.)

O terrible moment!...que vais-je devenir?...

Mon espoir et mes vœux errent dans l'avenir....

    (Il prend le livre de Platon.)

Platon, rassure-moi... si ton sublime ouvrage

Irrite le méchant, il console le sage,

    (Il lit un instant sans parler; ensuite il lit à voix haute :)

« Le corps meurt, se dissout; mais la loi du trépas

« Le rend à la nature, et ne le détruit pas;

« Et l'ame, qui des sens franchissant la barrière,

« Jusques à l'infini se fraye une carrière,

« Dans les tems écoulés vit par le souvenir,

« Dans ses projets hardis médite l'avenir,

« Et, devinant les lois de la nature même,

« Mesure l'univers, atteint l'Etre suprême,

« Dans le néant affreux elle s'engloutirait!

« Le corps ne périt pas, et l'ame périrait!

« Ces nobles sentimens dont elle est enflammée,

« Ce desir du bonheur et de la renommée,

« Ce généreux élan vers la posterité,

« Sont la preuve et l'instinct de l'immortalité....

    (Il ferme et quitte le livre.)

Tu me touches, Platon : que j'aime ton langage!

Ton livre dit beaucoup, mon cœur sent davantage;
Mon cœur m'instruit assez. O sublime vertu!
Si tout meurt avec nous, pourquoi nous séduis-tu?
L'homme qui te bravait, l'homme qui t'a chérie,
Celui qui, déchirant le sein de sa patrie,
D'un système oppresseur épuise les moyens,
Et trafique du sang de ses concitoyens,
Le sage magistrat qui l'a toujours servie,
Le guerrier qui pour elle a prodigué sa vie,
Leurs destins à la mort ne sont pas différens!
Quoi! le trépas absout les crimes des tyrans!...
Si j'osais le penser.... Pardonne, Être suprême;
Mon doute attaquerait ton existence même....
Que dis-je? ce plaisir touchant et généreux
Qui dirige un bienfait sur l'homme malheureux,
Ce sentiment d'un cœur qui t'aime et qui t'adore,
Quand l'univers mourrait, lui survivraient encore.
Ah! l'immortalité se lie à la vertu.
Est-ce pour le néant que j'aurais combattu?
Le ciel nous imposa l'épreuve de la vie.
D'un bonheur infini notre mort est suivie:
Je touche à ce bonheur, oui, j'en suis convaincu.
Je meurs, et c'est en vain que César a vaincu.
Ne voulant pas céder, ne pouvant me défendre,
Je lui livre mon corps; qu'il règne sur ma cendre...

(Il prend son épée, qu'il quitte en voyant avancer Brutus.)

C ij

## SCENE III.

## CATON, BRUTUS.

BRUTUS.

Le désespoir m'accable, il égare mes pas.

CATON.

J'espérais que Brutus ne le connaîtrait pas.

BRUTUS.

Souffre que dans ton cœur j'épanche mes alarmes:
Pour la première fois Brutus verse des larmes.

CATON.

Embrassons-nous, Brutus.

BRUTUS.

(Ils s'embrassent.)

O Caton!... mais pourquoi?...
Cette sérénité....

CATON.

Brutus, éloigne-toi.

BRUTUS.

César vient.

CATON.

Je l'attends.

BRUTUS.

Mais....

CATON.

Eloigne-toi, te dis-je.

BRUTUS.

Moi fuir ! moi te quitter !

CATON.

Cher ami, je l'exige.
Des malheureux Romains je déplore le sort.
Sais-tu si nos vaisseaux auront quitté le port?
Ah ! cours de nos amis protéger la retraite ;
Et que les dieux, un jour, vengent notre défaite.

BRUTUS.

Une fuite honteuse est indigne de moi ;
Toujours mon poste fut et sera près de toi :
Je ne te quitte point.

CATON.

Brutus, je te l'ordonne.
Vers le port. . . .

BRUTUS.

A regret ton ami t'abandonne.

SCÈNE IV.

CATON seul.

(Il reprend son épée.)

DIEU tout-puissant, jamais je n'eusse déserté
Le poste de la vie et de la liberté ;
Mais, pour fuir l'esclavage, il n'est rien que je n'ose ;
Qui l'accepte est plus vil que celui qui l'impose.

L'homme libre est le seul qui soit digne de toi.
Mon ame d'un tyran ne peut subir la loi;
Plutôt que d'avilir sa sublime énergie,
Permets que dans ton sein elle se réfugie.

(Il se frappe.)

## SCENE V.

## CATON, BRUTUS, SEXTUS,
### ET QUELQUES ROMAINS.

SEXTUS, à Brutus qu'il ramène sur ses pas.

Ils sont partis tous ceux qui craignent le danger;
Nous, autour de Caton nous venons nous ranger.

BRUTUS à Sextus.

Et je réclame aussi le sort qu'on lui prépare;
Ne crois pas que de lui le péril me sépare.

SEXTUS à Caton.

Tes desirs sont remplis... Que vois-je?...

BRUTUS.

Ce poignard!...

CATON mourant.

Que j'expire du moins avant de voir César!

SEXTUS.

Dans ce cruel moment Caton nous abandonne!

BRUTUS.

Amis, et n'est-ce rien que l'exemple qu'il donne?

## SCÈNE VI.

### LES MÊMES, CÉSAR ET SES SOLDATS.

#### CÉSAR.

AUX ordres de César, Romains, soyez soumis,
Et sachez mériter le rang de ses amis.

#### BRUTUS, montrant Caton.

Contemple tes succès.

#### CÉSAR.

O victoire funeste !
O triomphe !... à ce prix, hélas ! je vous déteste ;
De ce cruel succès mon cœur est effrayé :
Par le sang de Caton l'empire est trop payé.

(A Caton mourant.)

Vertueux ennemi, mais rival implacable,
Hélas ! que ne vois-tu la douleur qui m'accable !
O tourment, ô regret qui déchirent mon cœur !
C'est l'ami que tu fuis, et non pas le vainqueur.
Ma clémence envers toi n'était pas incertaine :
Tu fuis mon amitié, comme d'autres ma haine.

(Aux Romains.)

Même par son trépas Caton m'a combattu ;
Il me ravit le droit d'exercer ma vertu.
Savez-vous contre qui se révoltent vos armes ?...

Témoins de mes succès, soyez le de mes larmes.

( Il prend les mains de Caton et les baigne
de ses larmes. )

C A T O N, reprenant un instant de vie.

Est-ce toi, cher Brutus, qui reçois mes adieux ?
Le sommeil de la mort appesantit mes yeux.
Tû pleures sur Caton ! . . . ne pleure que sur Rome :
La maitresse du monde est l'esclave d'un homme !
De César ! . . . Ah ! mourons, satisfaits et contens
D'espérer qu'un tyran ne peut l'être longtems.
Il ne jouira pas de sa funeste gloire ;
Les remords l'atteindront sur son char de victoire :
Qu'il vive tourmenté de leurs traits déchirans,
Et qu'il expire enfin de la mort des tyrans.
Frappez. . . . Que son trépas, aussi juste qu'horrible,
Présente aux oppresseurs un exemple terrible. . . :
Frappez. . . . des citoyens cet illustre assassin :
Mon ombre guidera vos poignards vers son sein ;
Frappez. . . puisque les dieux retiennent leur tonnerre,
Vengez-vous, vengez Rome, et délivrez la terre.
Pour la dernière fois, chers Romains, cher Brutus,
Embrassez. . . .

( Il se relève avec effort pour embrasser Brutus ;
et voyant César, il retombe soudain. )

Quoi ! César !

SEXTUS.

Il expire!

BRUTUS.

Il n'est plus!

CÉSAR.

Vous pleurez un ami; moi, je pleure un grand homme.
Hélas! s'il l'eût voulu, Caton vivrait pour Rome.
Il fut grand dans sa vie, il l'est dans son trépas;
Admirez son courage, et ne l'imitez pas.
De nos débats passés effaçons la mémoire;
Aujourd'hui je descends du char de la victoire:
Pour le peuple romain j'aurai conquis la paix,
Je veux que tous les cœurs s'ouvrent à mes bienfaits.

## SCÈNE VII.

### BRUTUS, SEXTUS, ROMAINS.

BRUTUS.

ROMAINS, n'acceptons pas sa cruelle clémence.
Il nous pardonne!... il croit que son règne commence.
Il dit avoir vaincu pour le peuple romain;
Il promet son bonheur... mais le glaive à la main.
Il nous avilirait sous le joug le plus rude,
Et la paix de César n'est que la servitude.
Ce revers ne doit pas troubler notre valeur:

Un grand homme est souvent l'élève du malheur.
On peut venger encor la liberté romaine ;
Jurons tous aux tyrans une éternelle haîne.

(Tous jurent sur le corps de Caton.)

Que ce pieux serment prépare de vertus !
Si vous perdez Caton, il vous reste Brutus.

www.ingramcontent.com/pod-product-compliance
Lightning Source LLC
Chambersburg PA
CBHW061659180626
46818CB00003B/1174